그대라는별

그대라는 별

발행일   2017년 8월 25일

지은이   양 상 용
펴낸이   손 형 국
펴낸곳   (주)북랩
편집인   선일영   편집   이종무, 권혁신, 송재병, 최예은, 이소현
디자인   이현수, 김민하, 이정아, 한수희   제작   박기성, 황동현, 구성우
마케팅   김회란, 박진관, 김한결
출판등록   2004. 12. 1(제2012-000051호)
주소   서울시 금천구 가산디지털 1로 168, 우림라이온스밸리 B동 B113, 114호
홈페이지   www.book.co.kr
전화번호   (02)2026-5777   팩스   (02)2026-5747

ISBN   979-11-5987-738-4 03810 (종이책)   979-11-5987-739-1 05810 (전자책)

이 도서의 국립중앙도서관 출판예정도서목록(CIP)은 서지정보유통지원시스템 홈페이지(http://seoji.
nl.go.kr)와 국가자료공동목록시스템(http://www.nl.go.kr/kolisnet)에서 이용하실 수 있습니다.
(CIP제어번호 : CIP2017021005)

(주)북랩 성공출판의 파트너

북랩 홈페이지와 패밀리 사이트에서 다양한 출판 솔루션을 만나 보세요!

홈페이지 book.co.kr   •   **블로그** blog.naver.com/essaybook   •   **원고모집** book@book.co.kr

양상용 시집

그대라는 별

북랩 book Lab

첫 시집이기에 첫사랑에게 고백하는 것처럼 떨리고 부끄럽습니다. 좋아하면서도 내색 한 번 못하던 첫사랑에게 처음으로 용기를 내어 쓴 고백 편지처럼 보내놓고 하루하루 답장이 오기만을 기다리는 마음으로 이 책을 출간합니다. 이 책이 고백 편지가 되어 준다면 이 책을 읽고 있는 독자는 제게 첫사랑과 같은 존재일 것입니다. 독자들에게서 어떤 답장이 올까 하고 생각을 해보면 두려움 반, 기대 반이지만 답장을 받아 읽기 전까지의 설렘을 벅찬 마음으로 간직하겠습니다.

바라기로는, 이 책이 연애편지를 주고받을 때처럼 보낸 사람과 받는 사람 모두에게 설렘을 전해주는 그런 책이 되었으면 좋겠습니다. 물론 누군가에게는 사랑을, 누군가에게는 슬픔을, 또 누군가에게는 그리움과 외로움을 전해주기도 하겠지만, 삶과 사랑에서 비

롯된 상처를 어루만지고 위로받을 수 있는 마음도 전해 줄 것이라고 믿습니다. 사랑에 지쳤지만 그래도 사랑을 하고 싶고, 삶에 지쳤지만 그래도 살아가야 하는 모두를 위한 시집이 되기를 희망합니다.

　부족한 시집이지만 수록된 작품 중에 한 작품이라도 다만 한 구절이라도 공감이 되는 부분이 있다면 이메일이나 SNS로 짧게라도 반응을 남겨주시면 감사하겠습니다. 독자분들과 소통하면서 앞으로도 꾸준히 공감할 수 있는 작품을 쓰며 활동하고 싶습니다. 감사합니다.

당신의 삶과 사랑에 진솔해지세요.

2017년 8월

양상용 시인

차례

4   시인의 말

1부   봄, 꽃이 피다

14   나의 화단

16   시간의 흐름 속에 핀 사랑

17   당신의 꽃

19   봄비

20   꽃향기

21   신기해

22   나비

23   꽃구경

24   바람 불면

2부   연애, 사랑을 하다

26   연애

28   커피

29   유성처럼

30   그냥 있어요

31   사랑은 아마도

33   모두 다 내게는

34   마음의 표현

35   나만의 별

36   그림자

38   애창곡

39   연필깎이

3부   여름, 비가 내리다

42   비 내리는 날엔

43   비 오고 바람 불어도

44   기다림

45   우산

46   소나기

47   지금 비 오는 걸 알고 있다면

48   언제쯤이면

49   비

50   더위

51   비 오는 날

52   선인장

54   비 오는 날 버려진

4부 가을, 바람이 분다

58 가을

59 바람

60 그를 사랑한 나무

62 바람 그대

63 마지막 잎새

64 바람이 되어 버릴까

65 어쩌면 좋니

66 자전거

67 여름 회상

5부 겨울, 잠시 안녕

70 눈이 내리면

71 잠시, 안녕

73 그런 거니?

74 이별하던 날

75 눈꽃 배웅

77 그게 너무 슬퍼

78 이별

79 눈밭에서 쓴 편지

81 그리움

82 봄, 여름, 가을, 겨울

83 떠났어도, 그대를

84   모래시계

86   왜 이제야

87   겨울 민들레

6부   언젠간 저도 그대를 잊겠지요

90   그런 사람 하나만 있었으면 좋겠습니다

91   할 말이 아무것도 없다고 말을 합니다

92   당신은 곧 저였습니다

94   언젠간 저도 그대를 잊겠지요

96   그대는 그저 스쳐 지나가는 사람이었습니다

97   마지막 이별이길 바랍니다

98   우리가 같은 추억을 갖고 있다는 이유로

99   A=1 B=2-1 A≠B

101   그대가 떠난 후에야 비로소
       그대의 소중함을 느낍니다

102   하늘이 좋아지면

103   아직도 당신을 사랑합니다

105   항상 즐거울 순 없다는 걸 압니다

106   전생을 기억 못하는 게 한입니다

7부   인생, 이어달리기

110   장미

112   별이 빛나는 밤

114   이어달리기

115   나의 날개

117   삶의 양념

119   운명

120   인생

122   비누

123   등대

124   욕심

125   연못 안에서

126   스톱워치

8부   괜찮아

128   웃어봐

129   별

131   녹차 한 잔

132   배려

133   많은 것을 잊은 대신에

134   슬픈 사랑

135   괜찮아

136   상처

137   감정

138   희망

9부   그대라는 별

140   그대라는 별

142   혼자만의 시간

143   나의 창: 나에게 시란

145   거리의 광장

147   소녀상

149   모기

152   아버지와 등대

154   우리 엄마

156   밤밭골 율전동

10부   경계의 절벽

158   경계의 절벽

161   구원의 밤

163   가뭄

166   외눈박이 소년

168   디지털 시대

170   당신이 있던 자리

172   호접지몽

174   산

176   돌이 되어

1부

봄, 꽃이 피다

계절이 지나가고 나의 빈 화단에도 봄이 찾아왔다.
봄비가 오고 따뜻한 바람이 불더니
내 빈 화단의 갈라진 흙 틈새로 싹이 움튼다

「나의 화단」 중에서

나의 화단

나에게는
몇 년째 싹이 나지 않는
빈 화단이 있다
씨를 심지 않았으므로
애초에 기대도 하지 않는다

계절이 지나가고
나의 빈 화단에도 봄이 찾아왔다
봄비가 오고 따뜻한 바람이 불더니
내 빈 화단의 갈라진 흙 틈새로 싹이 움튼다

비 몇 번 맞고
온종일 햇볕을 쬐는 너를
나는 단지 창문을 열고 바라만 보았는데
언제 날아들었는지 모를
바람에 실려 온 꽃씨 하나가
나의 빈 화단에 꽃을 피웠다

이 꽃 이름은 뭘까?
갑자기 나타난 넌 내게 행복을 가져다주려나!
이제는 너로 인하여
나의 화단이 꽃으로 가득하다

시간의 흐름 속에 핀 사랑

그대는 기나긴 침묵만으로도
나를 사랑에 빠트렸네요

사랑한다는 말을
시간의 흐름 속에
아무리 외쳐 보아도
그대는 여전히
아무런 대답을 하지 않아요

차라리 나의 사랑을 거절했다면
피어나지도 않았을 텐데
그대의 침묵으로 인하여
시간의 흐름 속에 피어난
기다림으로 자라나는 사랑이에요

당신의 꽃

길가에 핀 저 예쁜 꽃
마음에 든다고
함부로 꺾지 마세요
꺾은 꽃은 어쩔 수 없이
당신을 바라보겠지만
오래가지 않아서
시들고 고개 숙일 거예요

다만
당신의 꽃이 되길 바란다면
따뜻한 햇볕을 받고
촉촉한 비에 젖어 있을 때
바람 불어 흔들리는 동안에도
그저 고개 들어
바라봐 주세요

언젠가 그 꽃은
길을 걸어가는
수많은 사람 중에서

당신을 향해
활짝 피어 있을 거예요
그렇게 당신의 꽃이
되어 있을 거예요

봄비

봄비가
꽃잎 위로 살짝 앉았다가
주르륵 미끄러집니다

향기 가득한
봄비를 보고 있자니
메말랐던 내 마음도
설렘으로 촉촉해집니다

한나절 봄비에
내 마음 젖고 나면
외로웠던 나에게도
어쩔 수 없이 봄은
설렘으로 찾아옵니다

꽃향기

그대 언저리에 서서
꽃향기가 없다고 말하지 말고
조금 더 가까이
다가오세요

그대 성급하게
꽃향기가 없다고 말하지 말고
조금만 더 오래
맡아보세요

그대 거리 두지 말고
그대 서두르지 말고
조금 더 가까이
조금 더 천천히
느껴보세요

은은하게 나는 꽃향기를
맡고 못 맡는 건
그 꽃을 대하는 자의 몫이니

신기해

봄이 왔어
해가 뜨고
꽃이 폈지

이 모든 게
당연한 건
없어
내 앞에 있는
너까지

믿을 수 없이
신기해!

나비

구름까지
날지는
못하여도

꽃만큼만
날아올라

여유롭게
달콤함을
즐길 줄 아는
네가 참 좋구나!

나는 기꺼이
네가 살포시 앉아
달콤함을
맛볼 수 있는
꽃이 되려 한다

꽃구경

곧 비가 오겠네요
활짝 핀 꽃들이
많이 떨어지겠어요
그래도 꽃잎 떨어질 것을
미리 걱정하지는 말아요
일어나지 않은 일로
마음 낭비하며
힘들어하지는 말아요

비 그친 후
꽃잎 떨어져 있어도
남아있는 꽃 보며
즐겁게 꽃구경하세요
어차피 꽃은
적당한 시기 되면
다시 필 테니
걱정 말고
지금 이 순간
즐겨 보세요

바람 불면

바람 불면
흔들리는 게
꽃뿐이더냐!

내 마음도
꽃이 되어
흔들거린다

2부

연애, 사랑을 하다

꽃이 피면
꽃길을 같이 걷고
비가 오면
비를 같이 맞고
바람 불면
바람을 같이 헤쳐가는

사랑은 아마도
무엇이든 같이 하고 싶은
그런 마음이겠죠

「사랑은 아마도」 중에서

연애

낮게 나는 연은
네가 조금 소홀해지면
금방 내려앉았지만
높이 나는 연은
네가 조금 소홀해져도
쉽게 내려앉지 않아

그렇지만
이건 꼭 알아야 해!
높이 나는 연이라도
실이 끊어지면
이리저리 방황하다가
끝끝내 떨어지고 만다는 걸

너로 인하여 날 수 있지만
너에게서 나를 적당히 지탱할
실 하나쯤은 묶어
있어야 해

그래야
네가 조금 소홀해져도
나에게 묶인 실을
얼레로 풀었다, 감았다 하며
네가 부는 대로
이리저리
오랫동안 함께
날아갈 수 있는 거야!

커피

커피와 마주하다가
불현듯이 떠오르는 너의 향기
마치 너와 함께 있는 것처럼
향기가 아주 좋은 거 있지!

너의 생각에 커피 향이 좋아진 걸까?
좋은 커피 향에 너의 생각이 나는 걸까?
너를 생각하며 커피를 마신다

유성처럼

수많은 별 중에서
눈에 띄지 않는다고
유성처럼
한순간 불태우다
사라지지는 말아줘

수많은 별 중에서
어차피
난 너만 볼 테니까!

은은하게
그 자리에서
오랫동안
빛나주렴

그냥 있어요

괜찮아요
그냥 있어요

다가가는 건
내가 할 테니!

사랑은 아마도

사랑은 아마도
맛있는 걸 먹을 때
같이 먹고 싶은 마음이 드는
그런 거겠죠

좋은 음악을 들을 때
같이 듣고 싶은
마음이 드는
그런 거겠죠

사랑은 아마도
멋진 풍경을 바라볼 때도
같이 없다면 같이 보고 싶은
그런 마음이 드는 거겠죠

꽃이 피면
꽃길을 같이 걷고
비가 오면
비를 같이 맞고

바람 불면
바람을 같이 헤쳐가는

사랑은 아마도
무엇이든 같이 하고 싶은
그런 마음이겠죠

모두 다 내게는

그대인가요?
그대가 되어
피어난 건가요

이번에도
그대인 거죠?
그대가 되어
스쳐 간 거죠

이렇게 그대는 지금도
나에게 내리고 있네요

꽃도,
바람도,
비도,

모두 다 내게는
그대인 것만 같아요

마음의 표현

사랑해!
사랑한다니까?
정말 사랑한다고
말뿐이라 그러니?

"쪽!"
"쪽쪽?"
"쪽쪽쪽."
행동뿐이라 그래?

사랑해! "쪽"
이제 됐니?
그럼 도대체 내 마음을
어떻게 표현하라는 건데!

마음의 표현은
한순간이 아니라
꾸준히 지속되는 것

나만의 별

밤하늘에
떠 있는
수많은
별 중에서

내 눈에
들어오는
별은
너뿐이야!

그림자

맑은 날엔 곁에 머물러 주지만
흐린 날엔 찾아와 주질 않네요
흐린 날보다는
맑은 날이 더 많아 다행이지만
그래도 흐린 날
많이 보고 싶어지면 불을 켤게요
불을 켜면 내 곁으로 와서
절 안아 주세요

맑은 날도
흐린 날도
함께 하고픈 당신
이제 보니 당신이 곁에 있어서
맑은 날이 되었던 거군요
이제 보니 당신이 곁에 없어서
흐린 날이 되었던 거예요

맑은 날도
흐린 날도

함께 하고픈 당신

항상 나의 그림자가 되어 주세요

애창곡

당신은 나의 애창곡 같은 사람입니다
문득문득 입으로 흥얼거리게 되고
자꾸만 귓가에 맴도는

불러도 불러도 질리지 않는 당신은
세월이 지나도 결코 잊히지 않는
나의 애창곡 같은 사람입니다

장기 자랑할 때면
꼭 부르게 되는
당신은 나의 애창곡 같은 사람입니다

연필깎이

사랑해!
까이고
사랑한다니까?
까이고
정말 사랑한다고…
까이고

연필
깎고 또 깎다 보면
몽당연필 되는데
이젠 글 쓰고
그림도 그리다가
연필심 다 닳으면
그때 깎아야겠다
심도 얼마 남지 않았으니
내 연필 아껴서 깎아요

3부

여름, 비가 내리다

소나기 내리는 동안의
추억만을 남기고
너는 또 그렇게
예고 없이 그치고 만다

「소나기」 중에서

비 내리는 날엔

비 내리는 날엔
비가 와서 느낄 수 있는
그런 행복을 선물할게요

한 우산 안에서
수줍은 팔짱을 끼고
함께 걷는다든지

아니면
빗물이 흐르는
창 넓은 카페에 앉아
어깨 기대고서
따뜻한 커피를 마신다든지 하는

뭐를 하든지
비 내리는 날엔
내리는 비 함께 바라보며
우리 아끼던 음악을
같이 들어요

비 오고 바람 불어도

빗물이 내려도
흠뻑 젖지 말아요
바람이 불어도
쓰러지지 말아요

쏟아지는 빗물도
불어오는 바람도
잠시뿐이니

비 오고 바람 불어도
꽃은 활짝 필 거예요

기다림

올 때가 됐는데,

창밖을 보니
왔으면 하는 너는 안 오고
비만 주룩주룩 오는구나

기다리는 너는 언제나
내게서 너무나 멀다

우산

이제 그만
비 맞고
내 우산 속으로 들어와
함께 있어요

그것마저 싫다면
내 우산을 접어
내리는 비
같이 맞을게요

빗속에서라도
함께 있을 수 있게
내 우산마저도
접어놓을래요

소나기

예고하지 않고
내리는 소나기처럼
너도 어느 날 갑자기
나에게 찾아왔다

소나기 내리는 동안의
추억만을 남기고
너는 또 그렇게
예고 없이 그치고 만다

소나기처럼 지나간
짧은 첫사랑이었다

지금 비 오는 걸 알고 있다면

비가 오면
내 생각을 한다던 너였는데
지금 비 오는 걸 알고 있다면
너도 내 생각을 하는 건 아닐지

창밖에 비 오는 거리를
자꾸만 바라보게 되는 건
혹시라도 하는
속절없는 마음 때문이겠지

언제쯤이면

빗방울 하나
빗방울 둘
빗방울 셋
얼마나 내려야
널 지울 수 있을까?

눈물 하나
눈물 둘
눈물 셋
얼마나 울어야
널 잊을 수 있을까?

이렇게 쏟다 보면
내 마음 조금은
편해질 수 있을까?
나도 모르는 사이에
내 마음도 흠뻑 젖는다

비

비는 오는데
너는 안 오니?

오늘 같은 날에는
빗물이 땅에 스미듯
내 마음도 너에게로
스며들었으면 좋겠다

더위

불볕더위에 온통 기진맥진이야
날도 더운데 공원 벤치에 앉아
한없이 하늘을 바라보다가
울음을 터트렸어

내가 왜 이래?
때아닌
더위 탓인가!

마음속 더위

비 오는 날

그때처럼, 비 오는 날 우산을 들고
당신이 있던 곳을 바라봅니다

비에 젖어 가는 풍경 속엔 변함없이
홀로 남겨진 벤치와
흔들리는 나무들,
기차가 지나간 후의 철길과
우산 없이 서 있던 당신,
당신만이 없습니다

오늘은
함께할 당신이 없기에
우산을 접고 그날의 당신처럼
젖어 가는 풍경 속에 같이 젖어 갑니다

당신과 함께 걷던 그 길을 따라
비에 젖은 채 걸어갑니다

선인장

내 맘을 헤집고
뿌리 내린
알 수 없는 너,
내 안에 모든 것을
빨아들이고
자라난다

밀어낼수록
파고드는 너를
온몸으로
거부해 보지만
그럴수록
불어오는 바람에
쉽게 흔들려
내 마음까지
갈라지고 만다

어쩔 수 없이
흔들리는 너를

받아들여
지탱하고 나니
넌 잎새 하나 없는
가시만 무성한
선인장이었구나

비 오는 날 버려진

아침부터 버려지는 비가
타닥 타닥, 타닥 타닥,
땅바닥에서 부서진다
주인은 갈 길이 멀어 힘이 드는지
하루 종일 짐 버리듯 버려진다
그동안에 정도 잊은 채
버리는 이는 홀가분하겠다

버려진 것은
세상 밖으로 버려질 때까지
초라하게 부서져야 한다
아무도 아랑곳하지 않는 무관심으로 남겨진 뒷골목
버린 이를 버리지 못하고
그리워하는 마음을,
외로움을 모르는 이들은 알 수가 없다
홀로 과거를 되새김질하며 보내는 동안에
원망은 외롭기 전에 일이다

오후 늦게 집으로 돌아오는 길목

화려한 우산을 펴고 걸어가는 사람들 발밑으로

버려진 우산이 홀로

타닥 타닥, 타닥 타닥…

비에 젖어 간다

4부

가을; 바람이 분다

바람이 부는 것이 이유가 없듯
바람에 실려 간 너의 마음도
이유 없이 떠나갔다
머무를 수 없는 바람인 것을
난 잊고 있었던 것일까!

「바람」 중에서

가을

그대
앉아 있었던
그 자리에

그리움 물든
단풍잎 하나
놓고 갑니다

바람

바람이 부는 것이 이유가 없듯
바람에 실려 간 너의 마음도
이유 없이 떠나갔다
머무를 수 없는 바람인 것을
난 잊고 있었던 것일까!

나 또한
너에게 머무르던 마음을
불어오는 바람에 날려 보내고
하염없이 눈물 흘린다

무심한 바람은 여전히
너의 마음에,
또 나의 마음에
이유 없이 불어온다

그를 사랑한 나무

그리운 언덕길 너머
그를 사랑하는 한 그루의 나무가 있습니다
언덕길을 지날 때마다 살며시 다가와
포근한 마음을 주고는 그늘로 사라집니다

그리운 언덕길 너머로
보일 듯 안 보일 듯 그가 사라지기까지
사르르 사르르 가지를 흔들어
잘 가라고 인사를 건네지만
그에겐 단지, 바람에 흔들리는 나무로 남습니다

그가 언덕길 너머로 사라지면
언덕길 밑으로 슬픈 잎새 하나를 떨구고는
또다시 그가 오기를 기다립니다

오늘도 그는 언덕길을 지나지만
나무 밑 언덕길에 쌓여있는 낙엽들이
그를 향한 사랑의 눈물인 줄 알지 못합니다

그런 그의 뒷모습을 바라보며

그를 사랑한 나무는

오늘도 또 하나의 슬픈 잎새를 떨굽니다

바람 그대

바람이 불어오네요
이곳에도

그대여,
머물다 가셨나요?

추억을 날려 보내려다
그리움만 나뒹구네요

마지막 잎새

모두 낙엽 되고
남은 저 잎새 하나
못내 아쉬워
창문으로 자꾸만 쳐다보며
붙잡고는 있지만
바람 따라 흔들리는 네가 안타깝다

한사코
떨어지는 너를 보며
끝끝내 눈물도 흘리지만
다시 돋아나는 그날까지
가지 끝에 그리움을 걸어 둔다

바람이 되어 버릴까

차라리 잠시라도
너를 느낄 수 있게
바람이 되어 버릴까

너를 스쳐
지나간 자리
그리움이 흩어진다

너의 옷깃을 날리며
내가 잠시 스쳐 지나갈 때
너는 나를 버티고 서서
옷깃을 여민다

바람 되어 스친
너의 자리
미련만 더 짙어간다

어쩌면 좋니

그저 지나가는 바람이야!
그냥 지나가게 내버려 둬

어쩌면 좋니?
지나가는 바람에도
나는 너를 걱정한다

자전거

두 손 꽉 쥐고
힘껏 페달 밟다 보면
슬픔도 아픔도
다 잊어버릴 거야

머리카락 휘날리며
바람을 가르다 보면
흐르는 눈물
다 마르겠지

여름 회상

시원한 냇가에서
물고기를 잡고
땡볕에 앉아서
수박 베어 물던

그때가 언제였더라!

창밖에는 우수수
낙엽이 지고
찬 바람에 으스스
몸만 움츠러든다

5부

겨울, 잠시 안녕

겨울 끝자락에
잠시 쉬더라도
잊지 않고
기다려 줄 수 있겠니?

봄과 함께
너에게로 다시 찾아가
오는 계절을 함께하고 싶다

「잠시, 안녕」 중에서

눈이 내리면

창밖으로
소복소복
눈이 내리면

하얀 눈
돌돌 굴려서
눈사람을 만들게요

창문 열고 바라보면
당신도 웃을 수 있게
방끗 웃는 눈사람을
만들어 놓을게요

잠시, 안녕

너에게 사계절을
보여 줄 수 있어서
기뻤어

너 앞에서
잎사귀가 돋고
꽃을 피우며
단풍에 물들다
낙엽이 지고

겨울 끝자락에
잠시 쉬더라도
잊지 않고
기다려 줄 수 있겠니?

봄과 함께
너에게로 다시 찾아가
오는 계절을 함께하고 싶다

봄바람 불면

다시 나를 흔들어

너를 반겨 주련다

그런 거니?

사랑해!
사랑한다니까?
정말 사랑한다고
믿기지 않는 게 아니라
믿고 싶지 않은 거니?

이별하던 날

그날은
펑펑 울기만 했어
헤어지자는 너의 그 말 들리지 않게
뒤돌아 가는 너의 뒷모습 보이지 않게
줄곧 울기만 했어

그날은
붙잡을 생각도 못 하고
가지 말라는 말도 못 하고
마냥 울기만 했어

그날이
진짜 마지막인 줄 알았더라면
차라리 조금 더 잘 보내줄걸
그냥 울기만 했어

눈꽃 배웅

고개 들어 하늘 보니 눈이 내려요
바람 한 점 없는 조용한 이 밤에
소리 없이 내리는 눈처럼
우리에 이별도 그렇게 찾아왔어요

돌아서는 당신의 뒷모습에
함박눈이 하염없이 내리네요
따뜻하게 감싸주던 당신이 떠나면
이젠 당신조차 곁에 없는
추운 겨울이 찾아오겠지요

내 심장은 금세 얼어
산산이 부서지고
내 눈물이 하얀 눈 되어
하염없이 내릴 거예요

그대 떠나가는 발길마다 쌓인
하얀 눈 밟으며
내 마음에 발자국 남겨 놓아도

그대 가시는 길 위로

하얀 눈,

꽃이 되어

미련 없이 덮어 놓을래요

그래도

마지막은 눈꽃 되어

그대 가시는 길

배웅할게요

그게 너무 슬퍼

너무
보고 싶어서
눈을 감아도
떠오르는 너

그런 너를,
눈을 뜨면
볼 수 없다는 게
그게 너무 슬퍼

더 이상 널
볼 수 없다는 게,
그게 너무 슬퍼

이별

뒤돌아 가는
너를 보며
마음속으로 되뇌던 말

진짜 가는 거니?
다시없을
행복했던 지난 날들아!

눈밭에서 쓴 편지

대문 밖을 나가니
밤새 흰 눈이 내려
하얀 종이가 펼쳐져 있네요

그대 생각나
하얀 눈밭에 앉아서
내리는 눈 맞으며
편지를 써요

"잘 지내니? 사랑해! 보고 싶어."
그대에게 하고 싶은 말
손가락으로 쓰다가
이제 부질없는 이야기인 것 같아
"잘 지내니?"
이 한마디만 남기고
손바닥으로 지워 버려요

나머지 못다 한 말들
하얀 종이 위에

"……"
발자국으로 남기고는
편지를 줄여 보지만

그조차도 돌아서면
내리는 눈에 덮여
다시 새하얀 종이가
되어 있네요

그리움

불어오는
바람이
지나가고

몰아치는
파도가
잔잔해지면

차오르는
그리움도
잦아들겠지

봄, 여름, 가을, 겨울

봄이 오고
여름이 오고
가을이 오고
겨울이 와도

너는 오지 않으므로
내게는 언제나
외로운 나날뿐이다

떠났어도, 그대를

떠났어도,
그대를 한시도
잊은 적은 없어요

아직도
보고 싶고
그리워서
그대를 한시도
잊은 적이 없어요

모래시계

많은 시간이 흘렀어
그럼에도 불구하고
모든 것은 그대로인데
세월 속에서
너하고 나만 변한 것 같아

내가 예전에 비해
많이 변했다고 느끼는 순간이
언제인지 아니?
그건, 그건 말이야!
아래로 떨어질 모래가
얼마 남지 않은
모래시계처럼
너를 그리워하는 마음이
얼마 남지 않았음을
알아버린 순간이야

내가 지금이라도
다시 모래시계를 뒤집는다면
우리는 예전으로 돌아갈 수 있을까?
아마도 너를 그리는 마음만 커질 테지!
그렇게 또 많은 시간이 흘러가겠지

왜 이제야

그때는
미처 보지 못했던
너의 마음

왜 이제야 보이는 걸까!

겨울 민들레

추운 겨울날
담벼락 밑에
노랗게 홀로 핀
민들레야
넌 어디서 왔기에
그토록 강인한 생명력을 지녔느냐

모진 겨울바람
눈 서리 맞고도
단단히 뿌리박혀
밑동 잎 위로 꽃피운
노란 민들레야

넌
훗날의 따스함보다
지금의 혹독함을
선택하였구나

너로 인하여 나는
삶을 탓하지 않으련다
운명을 불평하지도 않으련다

또 한번
홀씨 되어
바람에 날릴 때까지
추운 겨울 담벼락 밑에서
최선 다해 햇볕 받으며
그렇게 꽃피우련다

6부

언젠간 저도 그대를
잊겠지요

그대와 헤어진 후에도
시간은 흐릅니다.
그대는 점점
현재에서 멀어져
과거로 남습니다

그럼 언젠간
저도 그대를 잊겠지요

「언젠간 저도 그대를 잊겠지요」 중에서

그런 사람 하나만
있었으면 좋겠습니다

세상을 살아가는 데 있어서
영원히 내 편이 되어주는 사람
그런 사람 하나만 있었으면 좋겠습니다

내가 어떤 잘못을 해서
모든 사람이 나에 대해
비난을 하고 욕한다 할지라도
날 용서해주고 위로해주는
내 편이 되어주는 사람
그런 사람 하나만 있었으면 좋겠습니다

내게 아무것도 남지 않아
초라해졌을 때도
모든 사람이 날 떠나고
혼자가 되었을 때도
내 곁에서 항상 내 편이 되어주는 사람
그런 사람 하나만 있었으면 좋겠습니다

할 말이 아무것도 없다고
말을 합니다

술에 취한 채 그대에게 전화를 걸었습니다
그 핑계로 하고 싶은 말을 다해 봅니다
꼭 그랬어야 했니?
우리가 이런 사이밖에는 아니었던 거야?
이제는 우리가 남남이 되는 거구나
이젠 평생 연락하지 않을게
너란 존재 기억조차도 잊었으면 좋겠어
차라리 서로에게 화를 내서 미워하게 되면
그게 서로를 잊는 데 더 나을 것 같아
서로를 미워하고 욕하고 증오하자고
지금이 진짜 마지막으로 전화하는 거라고
그러니 마지막으로 아무 말이나 해 보라고
말을 했습니다

하지만 그대는
할 말이 아무것도 없다고 말을 합니다
아직도 난 할 말이 이리도 많은데
그대는 내게 할 말이 아무것도 없다고 말을 합니다

당신은 곧 저였습니다

믿을 수가 없습니다
당신이 떠났다는 것을
믿을 수가 없습니다

당신과 헤어진 그날부터
잠을 설쳐야 했던 건
자꾸만 맴도는
당신 생각 때문입니다
비록 당신은 떠났지만
머릿속에 맴돌고 있는
당신의 모습은
떠날 줄을 모릅니다.

긴 밤을 지새우며
많이도 생각했습니다
조금이라도 당신에게
미련이 남아있다면
그 조금의 미련이라도
잡고 싶은 마음뿐입니다

긴 밤을 지새우는 동안
당신을 깨끗이 잊으리라는
생각도 해 보았습니다

하지만
당신을 깨끗이 잊기에는
지금도 당신은
너무나 소중한 사람입니다

그동안에 당신은 곧 저였기 때문입니다

언젠간 저도 그대를 잊겠지요

시간은
누구의 의지도 무시한 채
흘러갑니다
그 시간은
현재에서 미래로
흐릅니다
그리고 그 시간의 흐름은
과거를 남깁니다

시간은
계속해서 흐르고
과거는
점점 더 현재와 멀어집니다
그리고 언젠간
과거의 모든 것들은
잊혀지고 맙니다
흘러 흘러 기억할 수 없을 만큼
멀어져 버린 탓이겠지요

그대와 헤어진 후에도
시간은 흐릅니다
그대는 점점
현재에서 멀어져
과거로 남습니다

그럼 언젠간
저도 그대를 잊겠지요

그대는
그저 스쳐 지나가는 사람이었습니다

그대가 보입니다
그대가 점점
내게로 다가와
내 앞을 스칠 때
나는 아무런 내색도
할 수가 없었습니다

그대도
아무런 내색 없이
내 앞을 스쳐 지나갑니다
그대가 점점
내게서 멀어져
그렇게 사라질 때

그대는 그저 스쳐 지나가는 사람이었습니다

마지막 이별이길 바랍니다

누군가를 만난다는 것이
쉬운 일은 아니지요
또 누군가와 헤어지는 것도
쉬운 일이 아닙니다

만나고 헤어지는 것이
뜻대로 되는 일이 아니기에
그렇게 어려운 것이겠지요

그래도
만남이 찾아오면
이번이 마지막 인연이길
또 그렇게 이별이 찾아오면
이번이 마지막 이별이길
바랍니다

우리가 같은
추억을 갖고 있다는 이유로

한때는
우리가 같은 추억을
갖고 있다는 이유로
그대의 곁에
머물고 사랑했지만

이제는
우리가 같은 추억을
갖고 있다는 이유로
먼발치에서조차
그대를 바라볼 수도 없습니다

A=1 B=2-1 A≠B

그대를 만나기 전에 저는
혼자였습니다
그때의 저는 그냥 저였고
단지 하나였을 뿐입니다

그대를 만나고 난 후에 저는
더는 혼자가 아니었습니다
그때의 저는
'그대와 나'라는 묶음으로 묶인
둘이 되었습니다

그리고 그대와 헤어지고 난 후에 저는
또다시 혼자가 되었습니다
그때의 저는
'그대와 나'라는 묶음에서 그대를 뺀
혼자였습니다.

그대를 만나기 전에 저와
그대와 헤어지고 난 후에 저는

똑같은 혼자였지만
결코 같지는 않았습니다
어쩌면 혼자라는 말은
애초부터 혼자였던 사람에게는
어울리지 않는 말인지도 모릅니다
혼자라는 말은
혼자서는 만들어지지 않기 때문입니다

그대를 만나기 전에 저는
그대와 헤어지고 난 후에 지금처럼
이렇게 외롭고 힘들지 않았습니다
그대를 만나기 전에 저는
그냥 저였고
그대와 헤어지고 난 후에 저는
혼자이기 때문입니다

그대가 떠난 후에야
비로소 그대의 소중함을 느낍니다

우리는 익숙한 것들에
소중함을 알지 못하고
익숙함을 핑계로
점점 곁에 있는 것들을
무심하게 대하곤 합니다

그러다가 결국
익숙한 것을 잃게 되면
그때야 깨닫습니다
진짜 소중한 것은 그 소중함을
쉽게 드러내지 않는다는 것을
진짜 소중한 것은 내 곁에 있는
익숙한 것들이라는 사실을
뒤늦은 후회는 미련만을 남길 뿐입니다

그대가 떠난 후에야
그대의 소중함을 느끼는
저처럼 말입니다

하늘이 좋아지면

언젠가 그대는
하늘이 좋아지면
사랑을 하고 싶은 거라고
말을 한 적이 있습니다

무심히도 맑은 하늘을 바라보며
이제는 곁에 없는 그대에게 말을 합니다
이제야 하늘이 좋아진다고

다시 한번 하늘을 바라봅니다
그리고 그때의 그 말을 떠올리며
하늘을 서글퍼합니다

아직도 당신을 사랑합니다

남들이 그러더군요
만남은 헤어짐을 전제로 하고
헤어짐은 다른 만남을 위한 거라고요

저도 헤어짐을
당연하게 생각해 보았습니다
또 다른 만남을 위한 거라고도
생각했습니다

하지만 모두가
자신을 달래기 위한
말이더군요
그런 위로의 말로
저의 감정을
숨기기는 싫습니다

제가 아파하고 슬퍼하는 이유가
당신 때문이라면
그마저도 모두 받아들이고 싶습니다

저의 감정 숨기지 않고

당신 때문에 아파하고

당신 때문에 슬퍼하겠습니다

하지만 아직도 당신을 사랑하고 있는

이 감정은 끝끝내 숨겨야 하는 거겠지요

항상 즐거울 순 없다는 걸 압니다

항상 즐거울 순 없다는 걸 압니다
언제나 슬플 거라 생각지도 않습니다

지금 내가 아파하는 것은
그대가 내 곁을 떠났기 때문이 아닙니다
그대가 내 곁을 떠날 때
좀 더 편하게 보내주지 못한 것에
미련이 남아서입니다

내 걱정은 하지 마세요
항상 즐거울 순 없다는 걸 아니까요
그리고 그대가 행복해진다면
언제나 슬플 거라 생각지도 않습니다

전생을 기억 못하는 게 한입니다

전생이 있다면
왜 기억하지 못하는 걸까요
기억할 수만 있다면
그대를 찾는 일은 아주 쉬울 텐데
기억할 수만 있다면
그대를 금방 알아볼 수 있을 텐데

다시 태어날 때
전생의 기억을 모두 지워 버려서
그대를 기억하지 못하는 거라면
그래서 그대 아닌
다른 사람을 만나고
또 헤어지며 상처받는 거라면
하늘이 너무나 원망스럽습니다

그대 세상에 있다면
반드시 찾아서
더는 힘들지 않게
더는 상처받지 않게

그렇게 해드릴게요
전생을 기억하지 못해서
그대가 누군지 모르지만
조금만 더 기다려주세요

그리고 나중에 우리 만났을 때
그때 저를 원망하세요
왜 이제야 왔냐고
왜 이렇게 기다리게 했냐고
그럼 그때 제가 얘기하겠습니다
전생을 기억 못하는 게 한이었다고
하늘이 원망스럽다고 말입니다

7부

인생, 이어달리기

세상에 티 하나 없는
무구한 인생은 없어

부딪히고
금이 가다 보면
깨지지 않게
조심하게 되고
그렇게
상처받다 보면
어느새 어여쁜 장미에도
가시가 돋아나지

「장미」 중에서

장미

세상에 티 하나 없는
무구한 인생은 없어

부딪히고
금이 가다 보면
깨지지 않게
조심하게 되고
그렇게
상처받다 보면
어느새 어여쁜 장미에도
가시가 돋아나지

괜찮아!
네가 기뻐하고
즐거워하는 것처럼
네가 슬퍼하고
노여워하는 것처럼
그렇게 살아가는 거란다

네가
사랑하고
미워하고
갈망하듯
다들 그렇게
살아가는 거란다

너에게 돋아난 가시를
너무 걱정하지는 마
가시가 돋아난 장미에도
나비는 찾아온단다

별이 빛나는 밤

어두운 줄 알았던
밤하늘도
자세히 바라보면
생각보다 많은 별들이
빛나고 있음을 알게 됩니다

만약 혼자라고 생각된다면
주위를 자세히 둘러보세요
생각보다 많은 사람들이
내 곁에 있음을 알게 될 거예요

아무것도
보이지 않았던
나의 밤하늘에
수많은 별들이
빛날 수 있는 건
어둠을 보기보단
별들을 보려 했기 때문입니다

당신의 밤하늘은 어떤가요?
만약 당신의 밤하늘이
어둡게만 보인다면
어둠을 보기보단
별들을 바라봐 주세요
당신의 밤하늘에도
헤아릴 수 없는 수많은 별들이
당신을 향해 빛나고 있습니다

이어달리기

오늘도 어제처럼
힘내줘서 고마워
내 삶이 어제보다
좋아지고 있네!

이렇게 조금씩
좋아지다 보면
언젠간 행복이
넘쳐나겠지?
그때까지 서두르지 말고
조금씩 한 발 한 발 내딛자!

오늘도 수고했어
자! 이제 내일의 나에게로
바통 터치한다

나의 날개

어깨가 무거울수록
내게 돋아날
날개가 클 거라는
희망을 품고 산다

날아오르는 걸
포기하지 않는다면
무게를 감당할 만큼의 날개는
내게 돋아나겠지

날개가 돋아나면
큰 날개 활짝 펴고
열린 공간을
마음껏 날아가는
상상을 해 보자

삶이 지금껏
하고 싶은 대로
한 번도 해준 적이 없었다면

앞으로 그런 삶이
한 번쯤은 있겠지

인생
짧다면 짧고
길다면 길지만
어느 쪽이든
포기하긴 아까우니

한 번쯤
나의 날개 활짝 펴고
날고 싶은 대로
날아 보자

날개뼈가 가려워 오는 걸 느끼니?
이제 곧 날개가 돋아나려나 보다

삶의 양념

가끔
아무 일도 없는데
외로운 적 없었나요?
아주 가끔
별일 없이
답답한 적 없었어요?

그래요
부족한 것 없이
아주 잘하고 있는데도
때로는
세상 한구석으로
내동댕이쳐진 느낌이 들 때가 있어요

그건
행복하지 않아서가 아니라
즐거움이란 삶의 양념이
부족해서 그런 거예요
즐거움이란 양념을

삶에 조금 뿌려주면
금방 아주 맛있는 삶이 완성될 거예요

이렇게 싹싹싹 뿌려주면
거봐요!
금방 맛있어졌지요?
다음에는 사랑이란 양념도 조금 뿌려보세요
그럼 달콤한 삶도 완성될 거예요

운명

누구에게나 헤어짐은 운명입니다
시기에 차이만 있을 뿐
영원할 수 없는 게 인연이지만
그렇다고 헤어짐 때문에
만남조차 두려워한다면
그것은 어리석은 일입니다
만나지 않으면 이별도 없겠지만
인연도 추억도 없겠지요

어차피 만남도 이별도 운명이라면
만남의 운명이 찾아왔을 때
마음껏 사랑하세요
이별이라는 운명이 찾아오기 전까지
마음껏 행복하세요
헤어질 때 헤어지더라도
사랑할 땐 사랑하세요
그렇게 여한 없이 좋은 추억 남기며
운명이 다하는 그날까지
우리의 인연 소중히 나누어요

인생

저 바다 끝에는 뭐가 있을까?
알 수 없으니
더 궁금한 바다여!
쉴 새 없이 일렁이는
거친 파도 헤치며
결국은 가봐야 알게 되겠지

먼 바닷길 외롭지 않게
같이 가면 좋으련만
저 바다 끝까지
함께 갈 수는 없으니
그 끝이 궁금하거든
같은 깃발 높이 매달고서
천천히 따라오시게나!

내가 먼저 그 끝에 다다르거든
힘차게 뱃고동 울릴 테니
그 소리 듣고 어렴풋이라도
알고들 있으시게

그대들이여!
꿋꿋이 파도를 헤처 나아가
그 끝에 다다르거든,
같은 깃발 나부끼며
시원하게 뱃고동이나
함께 울려 주시게

비누

매일매일
조금씩
사라지는 너

너처럼
마지막까지
잘 쓰이다가
사라지면 좋으련만

나는 오늘도
나에게 주어진 삶에서
버려지지 않고
잘 쓰이고 있는 건지
나도 조금씩 사라지고 있구나!

등대

크고
높은 줄만 알았던
당신의 자리

이제 와 돌아보니
무척이나 외롭고 힘든
자리였습니다

오늘도
깜깜한 어둠 속에서 홀로
한 줄기 빛을 밝히고 있는 당신께
이제야 감사의 인사를 드립니다

욕심

지나가다가 행복 하나를 주웠어요
누군가 잃어버린 것 같아
다시 그 자리에 놓아두었는데
금세 누가 주워 가네요
주인인가 싶다가도
이내 미련이 생기는 건
행복이 필요해서가 아니라
욕심 때문이겠지요
내 것도 아니면서
한순간이라도 내 것인 양
생각했기 때문일까요
양보나 한 것처럼 아쉬워하는 건
아직도 남아있는 욕심 때문이겠지요

연못 안에서

파아란 하늘이 비치는
초록빛 연못 안에서
하이얀 구름이 지나가는데
난 부끄럽게도
붉은 마음을 가지고 있다

바람이 불어 나뭇잎을 흔든다
연못 안에 흩날리는 나뭇잎으로
나를 감추려 했지만
바람은 하이얀 구름을 내몰아
파아란 하늘 위로
부끄럽게도 붉은 연꽃을 피워냈다

스톱워치

나의 시간이
60초짜리인지
80초짜리인지
100초짜리인지
알지 못하지만

나의 시간은
이미 40초를
훌쩍 뛰어넘어 버렸다

STOP 버튼 가까이에
손가락이 머뭇거려도
지금 이 순간에 충실하자
언제 멈출지 모르는 시간 앞에서
가끔 허무함을 느낄 때도 있겠지만
결국은 그게 최선이다

8부

괜찮아

괜찮아!
지금의 슬픔이 너의 모든 나날들을
슬프게 하지는 않아!
너에게는 많은 날이 있고 그 시간과 나날들은
모두 널 위한 거란다

「괜찮아」 중에서

웃어봐

하늘이 잔뜩 찌푸렸다고
너까지 잔뜩 찌푸렸던 건 아니지?

온종일 비가 온다고
너까지 슬픔에 잠겨서
온종일 울었던 건 아니지?

비 그치고
하늘도 맑아졌으니
이제는 너도 웃어봐!

별

오늘은
하늘에 반짝이는
친구를 보았습니다
그 친구는
항상 제 주위를 맴돌며
저를 외롭지 않게 해주는 별입니다

저는 가끔
그 친구에게
말을 걸어보곤 합니다
하지만 그 친구는
언제나 말이 없습니다
그냥 제 곁에서
묵묵히 지켜볼 뿐입니다

제가 힘들고 외로울 때도
그 친구는 묵묵히 저를 지켜보아 주었고
제가 기쁘고 행복할 때도
그 친구는 그렇게 아무 말 없이

제 곁에서 저를 지켜보아 주었습니다

처음에는 그 친구가
너무 말이 없어 심심하게 생각됐지만
그렇게 아무 말 없이 저를 지켜보며
항상 제 곁에 있어 주는 그 별 친구가
이제는 너무나 소중한 존재가 되어 버렸습니다

녹차 한 잔

김이 모락모락 나는
잘 우려진 녹차 한 잔을 마실 때면
내 마음은 한적한 호수처럼 여유롭다
한적한 호수에 피어나는 물안개를
입으로 후 불어 내몰면
바람이 지나간 자리로 은은한 향기가 코끝에 감돈다
향기가 머문 찻잔을 기울여 입안을 촉촉이 적시면
금세 내 마음은 한적한 호수가 된다.
건조한 일상에서 머금는 산뜻한 여유로움이여!

배려

다가오지 않았어도
지나치지 않고

말하지 않았어도
외면하지 않고

먼저 따뜻하게
두 손 꼭 잡아주는 것

많은 것을 잊은 대신에

참 많은 원망을 하고
참 많은 후회를 하고
그보다 더 많은 것을 잊어가며
몇 해가 흘렀습니다

많은 것이 변할 줄만 알았는데
많은 것이 그대로입니다
많은 것을 잊은 대신에
많은 것을 깨달았습니다

슬픈 사랑

슬픔 없이 어떻게
사랑을 할 수가 있어
누군가를 사랑한다는 건
누군가로 인해 슬퍼할 일이
언젠가는 생긴다는 거야!

사랑하는 만큼 슬플 거고
또 슬픔을 감당하는 만큼
사랑이 깊어지는 거야
슬픔이 사랑을 성숙시키고
슬픔이 사랑을 진지하게 해

깊은 슬픔을 간직하고 있는 사람이
깊은 사랑을 간직하고 있는 법이야
너의 사랑 슬프다고 울지만 말고
슬픔도 사랑이라고 그렇게 생각해주렴

괜찮아

흐린 날이 있으면
맑은 날도 있고
썰물이 있으면
밀물도 있고
사랑했던 이들이 떠나면
사랑하게 될 또 다른 이들도 찾아오겠지

괜찮아!
지금의 슬픔이
너의 모든 나날들을
슬프게 하지는 않아!
너에게는 많은 날이 있고
그 시간과 나날들은
모두 널 위한 거란다

오늘 밤만 자고 나면
흐린 하늘도
맑게 개어 있을 거야!

상처

지금은 평생을 그럴 듯이 아파하지만
앞으로 행복한 날들이 더 많을 거야
아픔을 이겨내는 것도
행복해지기 위한 과정일 테니
잘 견뎌내 보렴
너의 상처 덧나지 않게
약은 발라줄 수 있지만
아픔을 참고 견디는 건
너의 몫이란다
시간이 지나고 나면
어느덧 새살이 돋고
너도 모르게 행복해져 있을 거야

감정

나의 감정일지라도
자신에게 너무 강요하지 마세요

기쁘면 기쁜 대로
목청껏 웃고
슬프면 슬픈 대로
목놓아 울고

억눌렀던 내 감정
힘들지 않도록
한 번쯤 그렇게
솔직해지세요

희망

그대가 품은 작은 씨앗
그대 삶의 꽃으로 피어나라

9부

그대라는 별

그대가 너무 보고 싶어서
고개 들어 밤하늘을 바라봅니다
무수히 빛나는 별 중에서
별 하나는 그대이기를
별 하나는 그대이기를
별 하나가 그대가 되어
제 가슴속으로 들어옵니다

「그대라는 별」 중에서

그대라는 별

별을 보다가 그대를 생각합니다
어두운 밤
길을 걸어가는 동안에
저를 바라보며 함께하는 그 별처럼
제 곁에서 함께 있어 주기를 바라는 마음이
그대에게 바라는 저의 이기심입니다

그대라는 의미도
제게 그 별과 같이 다가옵니다
별을 보고 싶으면 언제라도
밤하늘 아래로 나가 별을 보면 되는 것처럼
그대가 보고 싶으면 언제라도
그대 곁으로 찾아가 그대를 볼 수 있기를

그대가 너무 보고 싶어서
고개 들어 밤하늘을 바라봅니다
무수히 빛나는 별 중에서
별 하나는 그대이기를
별 하나는 그대이기를

별 하나가 그대가 되어
제 가슴속으로 들어옵니다

별이 되어버린 그대,
이제 그대가 보고 싶으면
언제라도 그대를 볼 수 있습니다
그대가 보고 싶으면
밤하늘 아래로 나가
그대라는 별을 바라봅니다
그대에 대한 바람이 저 별에 깊이 물들었습니다

혼자만의 시간

아무도 없는 곳에서
홀로 나를 마주한다
책장 넘기는 소리만 간혹 들리는
조용한 곳에 앉아
책을 읽는다거나
좋아하는 음악을
분위기 내며 듣는 하루

지난날도 생각했다가
다가올 날도 생각하는
지금의 나를 위로하는 시간
여기저기 치이고 시달려 지친
나를 어루만지며
혼자만의 시간을 즐긴다
아무도 방해할 수 없는 공간
이 시간만큼은 내게도
혼자만의 시간을 가질 권리가 있다

그 누구도 나의 시간을 침범할 권리는 없다

나의 창: 나에게 시란

그대에게 보여주고 싶은 게 많은 나는
항상 나의 창문을 열어 둡니다
그대가 우연히라도 나의 창으로 다가와
창문 밖을 바라본다면
내가 심어 놓은 꽃들을 볼 수 있겠지요
그리고 그대에게 보여주고 싶었던
아기자기한 작은 연못과
그대를 위해 꾸며놓은, 잘 정리된
정원수도 볼 수 있을 거예요
간혹 여기저기 피어난 잡초도 보게 되겠지만
그래도 열심히 정원을 가꾸고 있는
나의 모습을 바라봐 주세요
그대를 향해 손 흔들며 미소를 지을게요

그대가 나의 창으로 다가와
바라보기만 한다면
나는 창밖으로 나가
그대를 맞이할 수도 있어요
햇빛 좋은 날

창 너머 나의 정원에서
같이 거닐 수도 있고
비가 오는 날이라면
창틀에 팔을 괴고서
내리는 비를 보며
함께 이야기 나눌 수도 있어요

그대가 나의 창으로 다가와
바라보기만 한다면
나의 창을 통해서
나를 포함한 세상의 모든 것들을
그대에게 보여 주고 싶어요

거리의 광장

거리를 지나서 광장으로 모여라
작은 외침이 하나 되어
큰 함성의 소리가 되고
미약한 내가 너와 하나 되어
위대한 우리가 되고
모여들고 모여들면
광장이 거리가 되고
거리가 광장이 된다

촛불 하나씩 들고 빛을 비추면
깜깜한 어둠이 사라질 수 있을까?
한쪽에서는
애국 어린 이순신 장군 지휘 아래
횃불 하나씩 들고
다른 한쪽에서는
애민 어린 세종대왕 말씀 아래
손팻말 하나씩 들고
거리를 지나서 광장으로 모인다

모여들고 모여들면
광장이 거리가 되고
거리가 광장이 된다

소녀상

공원에서 꿈 많은 소녀들이
꽃을 보며 활짝 웃는다
티 없는 맑은 웃음소리가
하늘 위로 솟아올라
과거 속으로 흩어진다

공원 한편에 앉아있는
단발머리 소녀도
활짝 핀 꽃을 좋아했겠지
미소 짓고 있는
지금의 소녀들과 똑같았을
과거의 소녀는
미소 대신 평화를 말하고 있다
비참한 전쟁의 역사가 없었더라면
거칠게 잘린 단발머리의 소녀도
웃고 있었겠지

소녀의 옆,
빈 의자에 앉아

소녀와 같은 곳을 바라본다
지난겨울
소녀의 목에 둘러준 털목도리를
시원하게 풀게 되는 날이 올 때까지
빈 의자에는 수많은 사람들이 앉아
소녀의 이야기를 듣곤 하겠지

꿈을 피워보지도 못한
단발머리 소녀야!
너는 이제 나비가 되어
꽃밭으로 훨훨 날아
아픔 없는 평화만이 공존하는 세상에서
활짝 핀 꽃 보며 미소 지어보렴

모기

한밤에 우리 아이들
잘 자나 싶더니
몇 번을 뒤척이고
여기저기 긁어댄다
"뭐가 날아다니는 소리가 들려!"
결국 내 옆에 와서는
못 자겠다며 아우성이다

베개를 베고 누워
천장을 바라보고 있자니
어디선가
윙~ 윙~
보이진 않고 소리만 무성하다

자는 척을 하면 오려나
한참을 움직이지 않고
누워있었더니
잠이 오냐며 어떻게 해보라고
난리를 피운다

살면서 무엇을 미워하거나
적을 만들면 안 되는데
이쯤 되면 어쩔 수 없이
선전포고를 해야겠다

그때 가까운 곳에서
윙~ 윙~
숨죽이고
소리가 나는 곳으로
"짝"
두 손을 힘껏 휘둘렀더니
내 손바닥에는 피가 잔뜩이다

장렬히 전사한 적의 시체를
휴지로 닦아내다가
문득 윤회가 생각나서
씁쓸하다가도
휴지에 묻은 피를 보고 있으면

그래도 어쩔 수 없는 일이다
단지 다음 생에는 누군가의 피를 빨아먹는
모기로는 태어나지 말라고 위로를 할 뿐이다

그런데 말이야! 혹시 내가 다음 생에
모기로 태어나는 건 아닐까 하고
걱정하고 있는데
속절없이 옆에선
파릇한 우리 아이들이
이제야 편히 잠을 잔다
나도 이제 나이가 들었나!
나이가 드니
이제 모기 한 마리도 못 잡겠다

아버지와 등대

언제나 그 자리에 서 있었습니다
폭풍우가 몰아치던 날에도
큰 파도가 부서지던 날에도
당신은 그렇게 그 자리에 서 있었습니다

오늘은 날씨가 너무 좋아서
당연히 당신이
그 자리에 있을 거라고 생각했습니다
언제나 그 자리에 있었기에
영원히 그 자리에 있을 줄만 알았습니다
당신이 그 자리에 없을 거라는 생각은
단 한 번도 해본 적이 없어서
자꾸만 그 자리를 맴돌다가 길을 잃어버립니다

당신이 길을 안내해주었던
밤이 찾아왔습니다
당신이 매일매일 겪어야 했던 그 밤을
이제야 겪어보니
정말 아무것도 보이지가 않습니다

온전히 혼자인 것만 같아
외롭고 무섭습니다

홀로 긴 세월을 그 자리에 서서
매일 찾아오는 그 밤을 감당해야 했던
당신을 생각하니 눈물이 납니다
항상 그 자리에 듬직하게 서 있었기에
아무렇지 않은 줄 알았는데
이제야 겪어보니
알겠습니다
당신이 감당해야 했을 외로움과 두려움을

그동안 당신 덕분에 길을 잃지 않았고
당신이 있어서 외롭지 않았습니다
당신과 함께한 삶, 참으로 듬직했습니다
고맙습니다

이제는 제가 당신의 자리에 서서
당신이 그랬던 것처럼 아무렇지 않은 듯
누군가의 등대가 되겠습니다

우리 엄마

난 아직도
엄마의 찬란했던
그 시절을 기억합니다
지금의 내 나이보다도 어렸을
젊은 시절의 우리 엄마

누군가의 딸로 살다가
누군가의 아내로
그리고 엄마로,

고단했지만
슬프지 않았고
평범한 나날이었지만
행복했었던,
그 시절 엄마의 미소가
생각납니다

이 세상 그 무엇보다도
아름답고

좋았던
우리 엄마

이제는
아빠를 보내고
할머니란 이름으로
홀로 지내시는 그 모습 애처롭지만
지금도 내겐
지난 시절 젊은 모습 그대로의
엄마로만 보여
어리광만 부립니다

아직도 내게 당신은
이 세상 전부이고
무엇보다 아름다운
세상에서 가장 좋은
우리 엄마입니다

밤밭골 율전동

어린 시절
아버지와 손을 잡고 언덕길을 오르면
길게 뻗은 철길 따라 기차가 내달리던
우리 동네 율전동

동산마다
뾰족뾰족 가시 돋친 밤송이가 주렁주렁
밤나무가 많다 하여 밤밭골이라 불리던
우리 동네 율전동

늦가을, 덕성산에 올라
투두둑 투두둑
밤송이 떨어지는 소리 들으면
어린 시절 아버지와 밤 따던 생각들이 절로 난다

산을 내려오는 길
율전 약수터에서 물 한 모금 마시고는
기차 소리 들리는 굴다리를 지나
집으로 간다

10부

경계의 절벽

발끝에서 떨어져 나가는 육지의 조각들이
처참하게 절벽 아래로 떨어지는 순간,
나는 거칠게 육지를 위협하는 바다를 보게 된다
많은 것을 가졌음에도 더 많은 것을 욕심내는 파도가
언저리에 하얀 물거품을 흩트러 놓고 사라질 때,
나는 고작 육지를 침범하는 바다를 보며
위태로운 절벽에서 경계를 살피는 것이 전부였다

「경계의 절벽」 중에서

경계境界의 절벽

바다가 보이는 절벽을 위태롭게 밟고 서서
떨어져 나간 육지를 찾는다
나는 그 옛날의 아득하던 육지를 쫓아
앞으로 나아가려 했지만
육지는 이미 조각이 난 채로 내 발끝을 찌르고 있었다
발끝에서 떨어져 나가는 육지의 조각들이
처참하게 절벽 아래로 떨어지는 순간,
나는 거칠게 육지를 위협하는 바다를 보게 된다
많은 것을 가졌음에도 더 많은 것을 욕심내는 파도가
언저리에 하얀 물거품을 흩트려 놓고 사라질 때,
나는 고작 육지를 침범하는 바다를 보며
위태로운 절벽에서 경계境界를 살피는 것이 전부였다
저 멀리 바다는 저토록 잔잔한데
내 눈앞에 바다는 이토록 거칠기만 하니
도무지 바다의 속내를 알 수가 없다
시간이 흐르자, 완강히 경계境界를 지키고 있는
절벽에 바다가 포기라도 한 듯
흩어져 있는 상처들을 수습收拾하며
삼켰던 육지를 내뱉는다

나는 경계境界가 바뀌어 버린 절벽에서 내려와
되찾은 육지를 걷는다
그곳에선 나와 처지가 비슷한 갈매기 한 마리가
젖은 날개를 퍼덕이며 하늘로 날려고
안간힘을 쓰고 있다
그 옛날의 아득하던 하늘을 쫓아 경계境界를 침범한
갈매기는 바다의 푸르름에 속았던 것일까?
바다 냄새가 짙은 육지는 서서히 내 발걸음을
붙잡으며 바닷물을 토하기 시작한다
그런 육지를 믿을 수가 없어, 나는
순순히 물러간 바다를 의심하며
급하게 절벽으로 돌아간다
다시 위태로운 절벽에 서서 경계境界를 살필 때
하늘이 더 이상을 버티지 못하고
비틀거리기 시작했다
끝내, 하늘은 자리를 잃고 기울더니
한쪽 끝에 매달린 태양을 바다가 삼켜버린다
하늘은 그렇게 내 눈앞에서
붉은 혈흔血痕에 물들며 사라지고 있었다
순식간에 경계境界는 사라지고
모든 것이 깜깜해졌다
나는 경계境界가 사라진 절벽을 밟고 서서
떨어져 나간 육지를 다시 찾는다

발밑에는 여전히 욕심 많은 바다가 계속해서
나를 거칠게 위협한다
세상은 보이지만 않을 뿐,
모든 것이 그대로의 자리를 지키고 있다
단지, 날아가지 못한 갈매기만이
바다인 줄도 모르고
경계境界 없이 아픈 날갯짓을 할 뿐이다

구원救援의 밤

아무것도 보이지 않는 깜깜한 밤하늘에
누군가 가느다란 바늘로 구멍을 내기 시작했다
깜깜한 하늘에 구원救援의 불빛들이 새어 나온다
난 그중 가장 큰 구멍을 바라본다
그 구멍에는 토끼 한 마리가
예로부터 방아를 찧고 있다는 얘기를 들었다
한참을 들여다보았지만 내가 본 것은 눈동자,
그의 거대한 눈동자였다

나를 바라보는 그의 눈동자에는
방아를 찧고 있는 내 모습이 비친다
나를 보며 그는 슬픔에 가득 차 눈물을 흘리고 있다
산다는 것은, 행복幸福이라며
산다는 것은, 행복幸福해야 하는 거라며
눈물을 흘리고 있다

그는 어둠으로 차단遮斷되어 있는
밤하늘에 무수한 구멍을 내어
조간신문朝刊新聞이 도착할 때쯤 나를 어둠으로부터

구원救援한다

그리고는 그의 세계를 나에게 개방開放해 주었다

하지만 난,

그의 세계에서 옛날부터 해왔던 것처럼

방아를 찧으며 생명生命의 고통苦痛을 괴로워한다

오늘도 내게 밤은 찾아오고

오늘도 그는 깜깜한 밤하늘에 구멍을 낸다

슬픔에 가득 찬 눈으로 나를 바라보며

아침을 만든다

가뭄

농부의 검은 머리가 뜨겁다
며칠째 지글거리는 태양이
목에 밧줄을 휘~ 휘~ 감아 숨통을 죄이면
유유히 흘러가던 구름이
먼 산 위에 그림자를 드리운다
논바닥이 가뭄 끝에 갈기갈기 상처를 드러내면
농부의 얼굴에는 근심 어린 주름이 가득,
심중心中에는 이미 화재火災가 나서
하루하루 초조하게 타들어 가고 있었다
마른 숨을 힘겹게 내쉬는 논바닥엔
무심한 허수아비만이 생생하다

날이 어둑어둑,
지글거리는 태양이 식어가는 밤
농부는 잠이 오지 않는다
결국 이른 새벽
식수로 받아 놓은 물동이를
양쪽 어깨에 십자가처럼 짊어지고
"아버지, 이들을 구원救援하소서!"

농부는 간절한 마음으로
생명수生命水를 논에 뿌린다
마른 숨을 고르며 배고픈 갓난아이처럼
그렇게라도 물을 마시고 나면
농부의 얼굴에는
흐르는 땀방울만큼이나 맑은 미소가 맺힌다
그날 밤, 하늘에는 허연 달무리가 짙다

날이 밝았다
유유히 흘러가던 구름이, 드디어
한바탕 비를 쏟기 시작한다
논바닥이 허겁지겁 물을 마시더니
고통스럽던 상처가 금세 아물었다
농부의 얼굴에도 촉촉한 미소가 가득하다
그때서야, 농부는 어깨에 짊어졌던
무거운 십자가를 내려놓고
급하게 논으로 달려가
목마른 땅에 물곬을 튼다
물곬을 따라 콸 콸 콸 콸,

흐르는 물 앞에 앉아서 두 손 가득 물을 담는다
한 모금 시원-하게 들이마시고서야
농부의 심중心中에 난 화재火災가 멈춘다
그렇게 농부의 숨통이 트인다

외눈박이 소년

매일 밤 외눈박이 소년이
신문을 팔고 집에 돌아오면
어둠은 형광등 불빛에 쫓겨
쪽방을 나간다
하루하루를 사는 떠돌이들에게
일수日收로 내어주는 방이라
얼마 전까지만 해도 상시常時 어둠이 살고 있었는데
소년이 쪽방에 들어온 후부터는
어둠이 매일 밤마다 쫓겨나 찬바람을 쐬며
소년의 야독夜讀 소리를 들어야 했다
어둠은 소년이 미워
소년의 외눈 속으로 들어가려 했지만
이미 소년의 눈 속엔 밝은 희망이
아침을 만든 후였다

아침 일찍 신문 배급소로 나간 소년이
늦은 시간인데도 집에 들어오질 않자
웬일인지 어둠은 소년이 걱정되기 시작했다
어쩜, 이 쪽방을 비웠는지도 모른다는 생각에

어둠은 찬바람을 쐬며 소년을 찾아 나선다

한참 후 신문 배급소의 그늘진 뒷골목에 앉아있는

소년을 발견하였을 때에는

소년의 외눈에서 눈물이 흐르고 있었다

한 손에 월급봉투를 꽉 쥔 채로

소년은 그들의 이유 없는 횡포橫暴를

참아내고 참아냈다

어둠은 그날 밤 깜깜한 하늘에 구멍을 내어서

소년의 눈 속에 밝게 빛나는 별들을 담아 주었다

어둠은 소년의 눈 속에서 밝게 빛나는 별들을 보며

어느새 빛이 되어가고 있었다

디지털 시대

아날로그시계가 24시간 멈추지 않고
끈질기게 현재를 쫓는다
시곗바늘이 현재 시각을 가리키며
지친 몸을 부르르 떠는 순간,
현재는 이미 또 다른 현재로 향한 지 오래다
잠시도 쉬지 못하는 아날로그시계의 바늘은
언제나 현재를 중심으로 힘겹게 달린다

그 앞에서 디지털시계가
강렬한 눈빛을 번뜩이며
가소롭게 아날로그시계를 바라본다
아날로그시계의 헐떡이는 숨소리를 들으며
디지털시계는 깜빡깜빡,
지루한 일상을 보내고 있다

사람들이 분주해지면서
손목에 디지털시계를 하나씩 차고는
현재를 쫓으려는 사람들이 늘었다
그때부터 사람들은,

과정을 비효율적인 시간에 낭비로 생각하며
모든 것들을 0과 1로 바꾸기 시작했다
그리고는
책상 앞에 앉아 인스턴트 생명의 버튼을 눌러
0과 1의 조합이 만들어낸 영혼을 부르고는
빠르게 그 결과만을 얻어 가고 있다

자신의 염색체 안에 꿈틀거리는
수많은 DNA의 염기서열들이
0과 1의 부호로 바뀌어 가는 것도 모른 채,
깜빡거리는 육신(肉身)을 따분해 하며
인스턴트 생명이 되어가고 있다

당신이 있던 자리

당신이 서서
슬픈 잎새를 떨어뜨리던
그렇게 슬퍼해야 했던 자리
잎새가 마르도록
마음 졸였던,
그렇게 누군가를 기다리던
가슴 아픈 자리

그리워 돌아보면
밑둥만 남아
세월歲月의 기억記憶들만
겹겹이 휘감고,
전설前說이 뿌리 되어
전하지 못한 사랑을
땅속에 묻어 놓은
당신이 있던 자리

이제야 찾아가면
심천深川만 남아,

제 끌려간 길로
눈물만 흐릅니다

호접지몽 胡蝶之夢

늘어진 버드나무 그늘 아래
눈을 감아 잠이 든다
가벼운 바람에 흔들리는
수많은 생각을 잠재우고
강렬한 생명生命의 움직임에
소란한 잡음雜音을 잠재우고

눈을 감아 꿈을 꾸면
내 등에는 노오란 날개가 돋아나
시작과 끝을 알 수 없는 파아란 하늘을 난다
내가 세상의 한 점으로 사라질 때까지
부풀어 오른 하아얀 구름에 파묻혀 사라질 때까지
한 마리의 노오란 나비가 되어
훨- 훨- 날아가 보자
내가 사라지는 것도 잊어버리고

하늘 북소리에 깨어진,
조각난 거울 속에
날고 있는 노오란 나비는

누구의 꿈일런가!
흔들리는 버드나무 가지 아래
부풀어 오른 하아얀 민들레,
꽃술에 파묻혀 달콤한 꿀을 먹는
황홀한 나의 꿈은 꿈을 꾸게 하는가!

늘어진 버드나무 그늘 아래
꿈을 꾸는 노오란 나비.

산山

작열灼熱하는 태양 아래
지게를 지고 찾아든 산에서
나는 잠시
지팡이에 기대어 지게를 세워놓고
청푸른 나무 그늘에 앉는다

훌훌 풀어놓은 계곡물에 발을 담그고
시원한 부채질을 하다 보면
어느새 장단長短에 맞추어
쐐- 쐐- 쐐- 쐐앵
매미가 울고

어느 가지에 숨었는지
울음을 쫓아 매미를 찾으면
나는 또 어느 산에 숨어서
청푸른 나무를 지붕 삼아
드르렁 드르렁
매미 따라 운다

해는 산 너머,
잠을 깨면
빈 지게를 보아도
아쉽지 않을 만큼
오늘은 잘 쉬었으니
참말로 잘 쉬었으니
홀가분한 지게를 지고
산을 내려간다

돌이 되어

한참을 길만 보고 걸어온 터라
숲인 줄도 몰랐는데
둘러보니 사방四方이 나무, 풀, 꽃, 새, 다람쥐
영생을 얻을 수 있는 샘물로
데려다주겠다는 다람쥐의 말에
쫓아가던 길을 버리고 다람쥐를 따라간다
걸어도, 걸어도 사방四方이 숲
길은 사라지고 숲만 남았다
다람쥐를 쫓아 도착한
영생永生을 준다는 샘물,
그 샘물 한 모금 마셨더니
나는 그 자리에서 돌이 되어 숲으로 남는다

지금은 숲 속에서 숲처럼 산다
가야 할 길은 없으니
이대로 영생永生을 누리면 그뿐
나무, 풀, 꽃, 새, 다람쥐
그리고 이름 모를 돌 하나
영생永生을 준다는 샘물 앞에서

돌이 되어 숲으로 남는다